Arnaud Alméras

Cet été-là...

éditions
SARBACANE

Cet été-là...

L'histoire de Charlotte et Simon commence
sur une plage de Bretagne.

Charlotte et Simon se remarquent très vite.

Alors, le papa de Simon console Charlotte.

Et le papa de Charlotte console Simon.

Charlotte et Simon s'apprivoisent.
Leurs parents également.

Évidemment, ce n'est pas toujours simple.

Charlotte et Simon se chamaillent pour un peu d'eau…

… pour un câlin…

… pour un chapeau…

… pour de rire…

Finalement, ce que Charlotte et Simon préfèrent,
c'est se disputer. Jamais alors ils ne s'ennuient.

Un jour vient, hélas, où il faut se quitter…
les vacances sont terminées.

Quatre ans plus tard

Un été, Charlotte et Simon se retrouvent sur la plage.
Ils ont grandi, beaucoup. Et changé, un peu.

Charlotte aime assembler, tortiller, polir,
bricoler, inventer.
– Dis, Simon, tu m’aides à ramasser des coquillages ?

Simon, lui, aime lire et rêver.
Il peut même rêver qu'il rêve.

Charlotte abandonne parfois ses bricolages,
Simon oublie ses livres. Dans ces moments-là,
ils sont vraiment proches.

Même s'ils sont très différents, souvent ils n'ont pas besoin de parler pour se comprendre.

Parfois, cependant, ils ont beau se parler…
ils ne se comprennent pas.

– Tu n'es qu'un égoïste avec tes livres ! crie Charlotte.
– Et toi, tu veux commander tout le monde ! proteste Simon.

Mais finalement, ce que Charlotte et Simon préfèrent,
c'est se réconcilier. Jamais alors ils ne s'ennuient.

Et puis vient le jour tant redouté
où il faut à nouveau se quitter.

Huit ans plus tard

À quinze ans, Charlotte et Simon se retrouvent sur la plage, un été. Charlotte a un peu de mal à reconnaître Simon. Lui-même ne reconnaît pas tout de suite Charlotte.

– Tu lis toujours autant ? lui demande-t-elle.
– Non, je ne lis plus, je joue plutôt du ukulélé... bredouille Simon. Et toi, toujours à bricoler tes morceaux de bois en vacances ?
– Non, je lis plutôt des mangas, marmonne Charlotte.

Charlotte aime parler sans fin avec ses copines.
Simon aime rire avec ses copains.

Simon découvre qu'il aime aussi beaucoup
Coline, sa nouvelle amoureuse.

Ce que Charlotte et Simon préfèrent alors, c'est s'oublier.

Longtemps, Charlotte ne revient plus à cet endroit.

Sept ans plus tard

Sur cette plage, Charlotte a tant de souvenirs, tous liés à Simon... Elle ne sait pas si elle est triste ou joyeuse, et elle avance lentement.

Et là, sur le sable, la première personne qu'elle voit,
c'est lui ! Ou plutôt... eux.

Attends, Jules ! Tu manges autant de sable que de gâteau ! Je vais t'essuyer les mains.

Gâ...

PAPA !
Merci beaucoup de l'avoir surveillé quelques minutes !

Charlotte, un grand sourire
aux lèvres, s'avance vers Simon.
– Bonjour Simon.

– Que fais-tu ici ? lui demande-t-il, intrigué.
– Les parents m'ont prêté leur maison de vacances. Je voulais écrire un roman. Je pensais que la mer m'inspirerait, mais je n'y arrive pas.
– Moi, je suis devenu sculpteur et j'habite ici.

Le lendemain, ils se retrouvent sur la plage.
– Je peux t'aider à ramasser du bois flotté ? demande Charlotte. J'ai le coup d'œil, tu sais !

« Je n'avais pas de plus grand désir que de voir une tempête sur la mer, moins comme un beau spectacle que comme un moment dévoilé de la vie réelle de la nature ; ...

Charlotte lit à Simon des pages de Marcel Proust.
Elle trouve que ses phrases ondulent comme des vagues...

… ou plutôt il n'y avait pour moi de beaux spectacles que ceux que je savais qui n'étaient pas artificiellement combinés pour mon plaisir, mais étaient nécessaires, inchangeables. Les beautés des paysa

ou du grand

Simon écoute et parfois n'écoute plus.
Il trouve Charlotte si jolie.

– Ça te plaît ? demande Charlotte.
Simon sursaute :
– Quoi ? Qu'est-ce qu'il y a ?
– C'est beau, hein ? demande Charlotte.
– Oui, c'est vraiment une plage que j'adore...

– Oh… tu n'écoutais pas, tu étais encore en train de rêver !
– Mais non, pas du tout, enfin, tu vois, j'entendais quand même un peu, malgré le bruit de la mer.

Ce soir-là, Simon offre à Charlotte un cadeau.
Charlotte rougit un peu mais pas trop.

– C’est drôle, moi aussi j’ai un cadeau pour toi, dit Charlotte.

– Ah… c’est un gros livre… murmure Simon.
– Rassure-toi, il y a beaucoup d’images et presque pas de texte.
– Oh ! C’est sur Brancusi ! J’adore ses sculptures !

Simon veut remercier Charlotte,
et là un curieux accident se produit…
Leurs lèvres se touchent
et ils trouvent ça vraiment très doux.

Ce que Charlotte et Simon
préfèrent maintenant, c'est s'aimer.
Jamais alors ils ne s'ennuient.

Cinq ans plus tard

Charlotte et Simon sont partis vivre dans une grande ville.
Ils sont impatients de retourner sur leur plage.
Ils ne sont plus seulement deux et ça les rend heureux.

Clara, la fille de Charlotte et Simon, découvre la mer
sous le regard attendri de ses parents.

– Tu te souviens de la première fois
où on s'est rencontrés sur cette plage ?
– C'était il y a si longtemps… Quelle histoire !

Finalement, ce que Charlotte et Simon préfèrent,
c'est se dire que leur histoire est unique...